푸른사상 시선 136

왜 네가 아니면 전부가 아닌지

푸른사상 시선 136

왜 네가 아니면 전부가 아닌지

인쇄 · 2020년 12월 5일 | 발행 · 2020년 12월 12일

지은이 · 정운희
펴낸이 · 한봉숙
펴낸곳 · 푸른사상사

주간 · 맹문재 | 편집 · 지순이, 김수란 | 마케팅 · 한정규
등록 · 1999년 7월 8일 제2-2876호
주소 · 경기도 파주시 회동길 337-16(서패동 470-6) 푸른사상사
대표전화 · 031) 955-9111(2) | 팩시밀리 · 031) 955-9114
이메일 · prun21c@hanmail.net /prunsasang@naver.com
홈페이지 · http://www.prun21c.com

ⓒ 정운희, 2020

ISBN 979-11-308-1732-3   03810
값 9,500원

푸른사상
시선

136

왜 네가 아니면 전부가 아닌지

정운희 시집

푸른사상
PRUNSASANG

고요한 소란의 시작이다

바람을 체험한 새의 결의로부터

구름을 헤아리는 꽃의 불면에 이르기까지

혹은, 뒤척이는 지상의 모든 생명들에게

소란은 고요의 민낯이므로

2020년 겨울
정운희

제2부

제3부

제4부

제1부

새인 듯 새가 아닌 듯

나는 미라처럼 깨어 있다

밤이면 내게 오는 소리
목과 손톱이 자라는
기필코 숲을 이룰 때까지

총. 총. 총. 들어와
거짓말처럼 무심한 하루를
종알종알 완성시킨다

너는 누구니?
눈을 맞춰보지만
무엇의 응대도 없이
가만가만 날갯짓 소리만 깊다

출렁이는 허공을 지나
숲으로 깃든 새

나는 달빛을 풀어놓고

비스듬히 기대앉아

아득한 사랑 노래를 듣는다
격랑이거나 혹은 평원의 음계를 콕콕 찍어가며
동틀 때까지 어깨를 나란히 하는
새인 듯 새가 아닌 듯

때론 무지개처럼
때론 부드러운 흉기처럼

내 심장을 파먹는 소리

장미의 안쪽

겹겹이 회오리치는 불의 날장이다
중심을 지키려는 결의랄까?

장미의 안쪽에서 불 밝히는 여자
태양을 정면으로 대면한
장미의 돌기는 멈추질 않고
바람의 속도는 거침없이 한결같아서
불붙는 자리마다 타들어가는 영혼
회오리치는 불기둥 속 적막은 점점 깊어지고 있다

하루가 또 하루를 밀어내듯이
한 장의 살점이 또 다른 살점으로 몸을 열듯이
사랑에 빠져 속절없이 타들어가는 경험
방마다 불이 켜지고 또다시 몽환의 계절이 찾아온다

장미 앞에서 가던 길을 멈춰선 사내
고개를 숙였다 들었다, 쓰다듬거나 향기에 취하거나
잠시, 봉인된 사랑으로부터 풀려나는 시간

저 홀로 깊어지는 불꽃을 바라본다.

한 송이의 여자로 완성하기까지
산맥이 드리우는 음영의 경계마다
꺼지지 않는 불꽃으로
발끝을 세우는 꽃의 요정이 있다

스치듯 바라본다
장미의 안쪽으로부터 흘러나오는 불의 입술을

멍

물결이라고 하기엔 소심한 외눈박이 물고기예요

바다의 수심은 지나치게 낮고 고요해서
세상 밖으로 헤엄쳐 나갈 수 없어요
기우뚱해지는 평면의 바다
부레를 풍선처럼 키우지만
가라앉은 물살은 요동치지 않아요

멍이기 이전에
단단한 바닥들
빨간 불빛의 감각들
최초의 경험으로 되돌아가는 입구

멍든 거울 속에 들어와 눈알을 이리저리 굴려보지만
당신은 멀리 있고 분간할 수 없는 얼굴들만 굴러가요

우산의 손잡이를 놓지 못하는 계절로 서서
무늬가 수천 번 바뀌는 동안

내 편이라고 우겼던 사람들은 각자의 방에서 시간을 보내
고

거리는 변형된 숫자들을 쏟아내고 있어요

외눈박이 물고기라고 하기엔 지독한 고질적인 사랑이에요

다름

나란히 누워 공중을 보네
공중에서 튤립이 쏟아질 리 없지만
튤립을 만지작거리네
그러다 지루해지면 구름을 흩뿌리네

꿈을 꾸면 돌아와 있을까
다정한 뱀으로
속삭이는 귀를 열고

구월의 풀밭을 기억하는지
어김없이 찾아온 뱀의 구애를
고정된 눈빛을 움직임을 멈춘 다정을

같은 꿈으로 입을 맞췄지
마당은 품을 열었고
열매들은 매달린 나무에서 죽도록 붉어졌지
붉어진 공중에서 사라진 뱀
무엇이 튤립을 몰아냈을까

나는 다정한 뱀의 허리로 차올랐고
너는 튤립의 부드러운 혀를 키워냈으니

우리 함부로 인정하지 말자
같은 공기 중에 떠돌다가 조용해진다

아무 일 없다는 듯이
오래 그 풀숲에 나란히 누워
제 몸이 썩어가는 줄도 모르고
꿈틀거리는 튤립의 혀
살랑거리는 뱀의 허리

공중에서 뱀이 날아다닐 수 없지만
뱀의 혀를 끌어와 노래한다
그러다 뜨거워지면
다시 공중으로

예약석

약속은 오 년 전에 허공에 뜬 새의 발
할퀸 공중의 낯, 너는 입을 다물었고 나는 무심히 기다린다

느리게 터널이 생겨나고
어느새 걸음을 재촉하는 눈이 내린다
그렇게 네가 내 기침 소리에 기대어
상기된 저녁을 감싼 채 건너오고 있다

오래전 공터로 버려진 의자
마치 누군가를 위해 준비된 예약석처럼
끝없이 찬란하고 평화로운 한때
간혹, 공중을 떠난 새들의 놀이터로
길고양이들의 우화한 접견실로 사용되기도 하는
의자를 통과한 시간은 흐르고 바람은 몸을 낮췄다

예약된 이별을 위한 축배

너는 상냥한 구름의 형상으로 내 앞에 있다

그간 안녕한지 귀는 잘 자랐는지 사육하는 고래의 상태는
세 번째 입맛은? 손 씻는 습관은?

페이드아웃되는 테이블의 입구
불빛이 흔드는 고요 속 소란

기대하지 않은 불빛은 얼마나 노골적인가
노골적인 약속은 얼마나 울컥한 장면인가

다리를 펴는 의자의 질감이 아득하다

카테고리

그녀 안에는 지구 끝까지라도 굴러가야 할 바퀴들이 산다

숲을 잃은 뻐꾸기시계와 비탈진 골목을 끌고 가는 라벤더
향초의 손길로
폐지를 줍는 동네의 여자

부지런한 날씨와 음악과 반복되는
리어카와 뜨거운 거리의 범주
외출을 끝낸 상자와 마주하듯

요술 상자는 누구한테도 있고 어느 곳에도 없다
상자 안에 음표 또 그 음표 안에는
거동을 못 하는 사내가 있고
희망의 세계지도가 있다

상자 귀퉁이를 돌아 유리병 속을 들여다보면
발가락이 자라는 아이들이 웃는다

이만큼의 거리를 두고 바라보면

에메랄드빛에 쌓여 있는 감성 고운 여자이고
그 빛에 정리된 한 폭의 그림인 것을

오늘은 새들과 안부를 나누는 오후 세 시다
세계지도를 읽고 있는
바퀴와 라벤더 향초와 세계지도가 곁에 있다

편애

나는 왜 내가 아닌 너일까에 대해 생각하다가
화단에 꽃들을 모종하기 시작했지
멀쩡한 달빛만 흩트려놓았지

가령 유달리 태양이 편애하는 바나나가 있다면
내가 모르는 노래를 부를 수 있을까
노란 바나나가 아닌 빨간 바나나
빨간 바나나가 아닌 노란 바나나, 그것도 저것도 아닌
지금 막 도망치려고 하는 저 초록의 바나나
덜 삐딱한 초록 바나나에서 더 삐딱한 초록 바나나가 되
기까지

내가 아닌 너의 그림자로 움직인다
너를 닮은 거짓말을 하고
나를 위한 속삭임이 멈출 때
나는 봉숭아꽃의 색으로 몸을 쓰고
너는 봉숭아꽃의 일요일을 꺼내 쓴다

당신은 왜 내가 아니고 너일까 골몰하다가

햇빛을 구겨 던지다가
지붕 위 별들만 꼬집었지
네 그림자를 한참 동안 깨트렸지

나는 없고 너만 투명한 놀이터에서

놀자, 침대야

침대는 방의 중심에 있다
천장 별자리엔 암수 구분이 없다

체위가 없는 천장

까마득한 살 냄새
새벽 달빛에 떠 있는 몸을 뉘고
숙면에 든 달을 굴리다가
굴러가다가 벼랑 끝 소나무에 걸터앉기도 하는지
뜻 모를 혼잣말을 중얼거린다

뒤척일수록 차가워지는 속성
둥둥 떠다니다가 엉켜 붙다가
떨어지면서 튀어 오르는 습성을 익히느라
밤새 고양이가 울고 젖은 입술이 탄다

벽에 걸려 있는 침대

손 타지 않은 먼지를 고스란히 덮어쓰고

빙그레 웃는다. 빙그레 돌아눕다가 빙그레 찔러보다가 빙
그레 다리를 구부린다. 사이로
눈이 녹고 젖은 침대를 빠져나와 벽에 걸린다

침대는 방의 중심에 있고 벽의 바탕에도 있다
벗어놓은 옷이 올라타기도 하고
던져버린 책이나 안경, 고약한 달빛으로 처연해지는

내겐 너무 빤한 상대다

설정된 이별

사랑의 맹세를 붙잡아

속삭이는 밧줄처럼 잡고 오르다 보면 염원하던 낙원에 도
착할 수 있을 거야

그렇게 강건한 믿음으로 마지막 노을을 배웅하고 마지막
손을 씻으며

푸딩처럼 미끈한 정액을 끌어내 바닥으로 되돌려 보내는
거야

인정하고 싶지 않은 스파게티는 얼마나 길고 쫄깃한 맛이
야

포크에 돌돌 말리는 황홀이란, 황홀에 맛 들여진 습관이란

왼손잡이인 네가 오른손으로 만지작거리는 공기 같은 것

그 낯선 결에 발생하는 소름의 힘

소름으로 사과를 쪼개고 소름으로 산책을 할 때

너의 귀는 유난히 붉게 바스락거렸지

동트는 새벽이면 풀숲을 헤집어놓은 입술

염소의 물끄러미는 처음부터 없었어

처음부터 붉은 카펫도 없었고 지구만 한 크기의 이슬도
없었던 거야

어떻게 눈치챌 수 있었겠어

비가 거꾸로 치솟는 것도 아니고 스파게티에 고춧가루가
뿌려진 것도 아닌데

평일처럼 염소는 뿔을 기다리고

나란히 잠들었던 빈자리에 흘리고 간 달의 행방을 기억할
수 있겠어?

달 속에 풍덩 빠진 신발 한 짝을 걷어차고 맨발로 걸어가
는 거야

걷다 보면 사랑의 서약쯤이야 하고 코 풀어버릴 수 있는
거지

그렇게 입술에 묻은 먼지를 씻어내면 또 먼지가 찾아들듯
이

생리통

다시 돌아가야 할 숲이라고
숲을 빠져나온 도망친 꽃이라 해도 상관없어요
꽃의 규율이라든가 예의범절에 대해
추궁하지 말기로 해요

달 속에서 어깨를 모은 꽃잎들
잎잎이 여물어가는 맹세라든가 저항
필사적으로 서로를 껴안고
결국, 한 장의 달 속에서 침묵하고 마는

천장은 낮고 바닥은 높이 떠 있고
헐거워진 창틀이 매달려 있어요
욕실 쪽으로 머리를 옮길까요
서랍 속으로 구겨 넣을까요

표류하는 꽃잎들
그 날개를 불러 모으는 달빛은 벼랑에 들고
환하게 쏟아질 꽃잎이 깊어져요

달과 꽃잎의 소란으로

숲에 머무는 귀머거리 꽃이라 해도 상관없어요
꽃은 매달 차오를 테고
꽃의 의식을 치르는 달은 찾아오겠죠

꽃잎 사이사이를 유영하며
책들은 깨지고
불빛은 바다을 기어가고 있어요

속앓이

눈길 닿는 곳마다 다정입니다

향기는 급속도로 가까워집니다
세계는 멀어지고

서쪽의 입구로부터
남쪽의 끝까지
오래오래 바람 불던 길을 알고 있습니다

풀어야 할 초록은 몇 장입니까
맨발은 쉼 없이 태어납니까

등 뒤에서 들리는 천 개의 울음소리
천 개의 발자국 소리
이제 막 말문이 트인 저녁입니다

먼 곳의 질문을 받은 기분
돌아오는 문이 헐겁습니다

깨어나지 못하는 꽃봉오리들의 공격
깨지지 않은 것은 유리 이전입니다

잎들이 떨어지는 속도를 느낄 사이도 없이
각자의 방으로 들어갑니다

색들은 충만합니다
지붕은 열려 있습니다
창문은 온화합니다

추(錘)

좌우로 움직이는 벽시계의 추
정확한 각도로 이동하는 감정들

아버지의 추는 오빠였다
고등어 살점을 더한 밥상의 추
가장 가까이 옆에 두고 싶은 염원의 추

오고 가는 빨간 구름들 속에서
온도가 다른 뺨을 드러내놓고
불에 덴 손가락을 치켜세워보는
다정한 무게로 높아지는 가벼운 투쟁

아버지란 추를 쟁취하기 위해
오빠는 축구공을 멀리 차고
우린 목청껏 노래를 불렀으나
사탕은 늘 오빠 주머니에 있었다

사춘기를 앓는 마당으로 오래도록 달빛이 머물렀다

추의 평형을 갖추기 위해

지팡이를 사용하고 돋보기 너머로 기다리는 대문을 향해
있는 추

녹슨 검버섯을 오물거리며 수저를 드는 날들

오줌 지린 바지를 치켜 올리며

마당을 가로질러오는 그림자가 굽어 있다

왼쪽 어깨와 오른쪽 어깨의 무게를 설명할 수 있을까

탈피한 껍질을 더한 무게와

달빛 한 올을 뺀 무게를 두고

아버지는 깊은 잠에 들었다

0.1g을 뺀 창문이 쏟아진다

*사랑해*라고 짖었다

종이를 물어뜯는 너의 고요가 간간이 싱크대의 물소리와
섞인다

가슴을 만지작거렸던 새벽 손버릇도 아침마다 이별하는
입맞춤도 닳았다

너의 우두커니는 절제된 타일과 같고
나의 우두커니는 무속에 깃든 바람 같다

반복되는 동선에서 신물 나는 사랑이란 것
입 맞추고 껴안고 끌고 다니는

사랑해라는 개껌과
사랑해라는 개줄과
사랑해라는 분홍 염색

방치된 자유를 온몸으로 껴안고
풀어놓은 동네 버드나무를 뒹굴다가

친구를 만난 반가운 인사였다가
먹이의 황홀을 어렴풋이 상상하며
나른해지는 나 홀로 집에서

서른다섯 번째 현관문을 바라보는 오후 다섯 시
벽에 귀를 대고 너를 궁금해한다

볼록렌즈를 통해 들여다본다
비밀번호를 풀어 안아주고 싶어

네가 이마를 핥아주는 붉고 긴 혀로
두 뺨에 닿는 고독을
입술의 허기를
날마다 훔치고 있다

간혹, 일요일 갓 구운 피자를 핑계로
벨을 누르고 너를 안고 *사랑해*라고 짖었다

우울증을 앓는 금붕어

형광 불빛이 꺼지지 않는 잔혹한 평화

골목도 발자국도
같은 온도여서
좀처럼 속내를 알 수 없다

연거푸 뻐끔거리는 혼잣말을 띄워놓고
끊임없이 유영하는 날들

깜박이지 않는 이름과 노랫말들
숨이 닿지 않는 입술을
견디는 힘찬 지느러미

다정한 유리창을 깨트리며
자유다! 하고 날아오를 수 있는 15층

이끼를 뒤집어쓴 플라스틱 수초 사이로
눈동자가 감기지 않는 밤이라니

가라앉은 돌들의 입냄새는 지겨워

있는 힘껏 밀어내지만

다시 제자리로 돌아와 유영하는

제비꽃이 피었던 길과 져버린 길의 모호함

사육의 형태는 언제나 모범적이어서

누구도 손발이 시린 것에 대해 묻지 않았다

안개꽃 같은 공기방울이

쉼 없이 피어나는

사랑하는 문자 씨

핑~퐁
　　핑~퐁
우리는 핑~퐁의 사냥꾼
짤막한 노루 꼬리로 깡충깡충
토끼의 빨간 눈이 반짝반짝

소리 없는 외침
소리 없는 쾌거
소리 없는 살인

핑~퐁
　　핑~퐁
오갈수록 새빨개지는 말의 체위들
국경 없이 넘나들고

내 살 속에 살
뼈 속에 뼈
어제는 시인이 되어 천년의 사랑을 노래하고

오늘은 그 맹세에 눈발이 흩날리더니
달을 해처럼 해를 달처럼
낮말은 쥐가 물어 나르고
밤 말은 새가 엿듣기도 하면서

핑~퐁
　　　핑~퐁
구름을 불러 모아
바람의 무늬가 도착하는

연속되는 긴장의 순간들
휴전의 경계는 없어
올가미에 피어나는
난 당신의 충실한 포로

이토록 긴 이별

마음을 옮겨도

공중에 떠다닌다. 분명 목덜미를 스쳤고 뒤돌아보면 쓰다
듬는 눈길이 있다

어디에나 있고 언제나 없는 꿈처럼

만질 수도 없는 목이 태어나곤 한다
보고 싶다 뺨을 접으면 그만큼 더 견고해지는

그토록 먼 지점

이제 꿈에서라도 명료해져야지
침을 꿀꺽 삼키고
발을 멀리 뛰면

햇빛은 오래도록 탈색되어
열꽃이 꽃처럼 활짝 피어난다

풍경은 녹슬어 숨을 멈췄는데
공중은 열리고
새들은 쉼 없이 강을 건너고 있다

절벽을 토막 내도
초원을 뒤집어 태워도

무럭무럭 발아하는 안개 틈에서
숨 쉬는 눈동자가 저리다

영영 떠다니는 체온으로
죽어서도 살아 있을 생명체다

제2부

원나잇 스탠드(One-night stand)

너는 누구니?

생각만으로 별을 쏘고
생각만으로 은쟁반을 훔치고
상상으로 가슴이 커지는 이불 속에서

마법 같은 주술로 나를 세우지 마세요 품 안에서 갸르릉거리는 고양이 울음은 이제 그만, 그만할래요. 발톱을 감춘 밤처럼, 소리를 모르는 난간처럼, 그렇게 멈춰 서서 나를 하나 둘 셋……, 세고 싶지 않아요, 나를 바로 돌려놓으세요, 생물의 안과 밖을 구별해야 하듯이

언제나 친절한 동화책은 늑대 소년이 나타나고 여우의 빨간 모자가 걸어와요 '아무도 문을 열어줘서는 안 된단다' 자작나무의 바람이 있고 장작 타는 소리로 타닥타닥 불꽃이 튀는 숲속 집에선 열대과일과 바게트 빵과 접시의 빈 얼굴과 함께해요. 하얗게 핥는 염소의 긴 혀를 물었다가 지우고 다시 만져보는 통나무집에서 무럭무럭 견디는 기둥처럼

나는 없고 너만 있는 색깔로
꽃대를 완성할 수 있을까

네가 있고 내가 없는 거리에서
스치는 주머니 속으로 들어올 수 있을까

점점 가까워지는 주머니
불 켜지는 주머니

이 시간 순환 열차에선

종일 말 걸어오는 이 없어
당신의 코에 가슴에 침을 뱉네
쌀독에서 종일 분탕질한 애벌레처럼
슬금슬금 기어 나오는 오후의 껍질

서로는 서로를 멀리하고
설정되지 않은 관계는 흥미로워
뒤섞인 바람과 나무와 뿌리의 종(種)
서로를 흠모하고 배척하며 줄줄이 엮이네
줄줄이 사무원 줄줄이 사기꾼 줄줄이 몽상가
닮아가는 것은 고루하며 싱거워

빛이 기우는 쪽으로 서너 걸음 옮기다
둥근 식탁에 발이 걸리면
액자에 걸린 사람을 앞에 놓고 차를 마시네
양피지 같은 마른 귀를 대면
물소리 들을 수 있어
젖고 또 젖어 속삭이네

차창으로 달라붙는 저것들
구름의 정자와 난자는 시차 없이 교미 중이며
태양은 발가벗고 벗어도 속살까지 뜨거워
아이들은 다시 자전거를 타며 달을 쫓고

이별하고 이별하는 내가 지겹고 지겨워
역과 역 사이 경계를 지켜내지 못하네

골방의 기분

잔소리할 가구가 없고
착한 피부에 뒹굴기 좋아
수염이 나고 자랐다는 이야기는 밖으로 새 나간 적 없어서

즐겨 허공에 반응하는 사내가 있다

이별한 애인의 입술을 담배 연기로 띄워놓으며
사랑이란 귀신과 함께하는 일이라고

가볍게 누워
골방의 허리를 감싸 안는다

정점을 쟁취하기 위해
사랑에 집중한다
기분을 모아 모아서
개운해지는 것, 비로소

천장은 한 뼘 더 낮아지고

재떨이엔 수북한 그리움이 있다

풀고 싶은 혀를 잠가놓고
이제 손 흔드는 일만 남았을 때

어둠을 벗긴 거짓말처럼

반복되는 거리와 반복되는 술잔을 따라

드러눕는 벽
해소하는 골방

독감

저장된 번호에도 없는 너를 안고 낮 꿈을 꾸었다

어제 산책을 다녀온 사이처럼
내일 또 만나 자전거를 탈 내용으로

한낮을 차단한 블라인드, 더듬어 손에 잡히는
침대맡에는 알약과 물병 검은빛의 잔해들
일 인실 병실 같은
쉴 새 없이 가습기는 작동되고

평면의 꿈에서
바닥 같은 기분으로
너의 귀를 만지작거리며
다정을 받아내는 발가락 사이로
열꽃에 얽힌 오래전 이야기

반복되는 헛것의 동의어들
나비의 화관

꽃의 오후
동그라미의 순서
지문의 방들이

깨어날 수 없는 계절에 취해
피어나는 땀방울을 받아내며

어제 놀이동산에 다녀온 사이처럼
오늘 지나쳐버릴 모르는 사람의 내용으로

익룡을 암기하는 아이

생경한 질문처럼 그런 내용으로
각오로 뒤돌아 확인하는

홀로 풍경이 되는 아이
장소를 벗어난 적 없는 교각으로

둥근 무릎을 빗겨 선 이마, 웃는 새들 간판들 틈에 끼어

두리번거리는 긴 목으로 목울대에 깃든 노을이 올 때까지
교각의 힘으로 교각의 각오로 혹은
교각의 무너짐을 버티는

홀로 생물이 되는 아이
건널목은 간결하고 사라짐은 길다

책임 없는 게임이라면 게임에 등재된 아이라면 아이를 살
리지 말고 감쪽같이 익룡으로 되돌려놓을 것 익룡을 암기하
는 아이로 세울 것

구멍 난 하늘을 신은 아이
하늘 속에서 구멍을 체득한 아이

기다리지 않는다면 열 개의 발가락이 쉬워진다면

교각은 열 개로 스무 개로 태어나
한 점의 풍경으로 스며들 것이다

가장 가벼운 피부가 되어

보편적 아침

죽은 금붕어로 시작되는 아침

호스피스 병동의
햇볕은 지극히 보편적이어서
전쟁을 겪은 적 없는 순한 마을처럼
염소젖을 짜고 있는 듯 매달려 있는 손들

일렬로 각이 맞은 침대에서
떠 있는 눈동자들

죽어서도 눈을 감지 못하는 금붕어
목련의 날개와 나뭇잎의 온기를 품고 있다
아침햇살과 동그란 미소로
창문을 쓰고 있는 맑고 고운 음표로 시작되는

남쪽 창가 두 번째 침대의
시트를 바꾸는 가늘고 긴 손가락과
후식으로 사과 반쪽을 먹는 빛들이 사각거린다

왜 우리는 헤어지기 위해 자라는데
그렇게 많은 시간을 썼을까?*

밤새 안녕을 확인하는 느린 움직임을 곁눈질하며
창문으로 쏟아지는 빛의 노랫말들 사이로
검고 하얀 그림자로 오가는 맨발들

화단에 죽은 금붕어를 묻고 우두커니
공중의 깊이에 대해 눈을 껌벅거려본다

어깨를 내어주는 새소리가 곁에 있다

* 시집 『질문의 책』 44 – 파블로 네루다

애인의 구조

불꽃이라도 상관없겠다

쇳덩이를 두드리는 대장장이를 떠올렸다
말랑말랑한 불꽃이 오기까지
차가운 몸을 이룰 때까지

간혹 살아 있었구나
생소한 물체가 되었다
그건 오래전에 사용했던 이야기

멀리 환할수록 깊어지다가
그러다 시들어버린 불꽃을 이해하는 것
불꽃의 머리카락을 쓰다듬다가
불꽃의 허리춤에서 입술을 꺼내 더듬다가
슬쩍 놓아주기도 하는

심장이 부르는 빨간 양말이라고 하자
양말이 타는 불꽃이라도 상관없겠다

내일은 쇳덩이로 바위를 접어야지
바위를 녹여 장난감을 만들다가
죽도록 간지러우면 다시
쇳덩이를 구겨 바람으로 되돌려줘야지

불꽃의 꽃말을 삼킨다

벽장

벽장은 묵묵히 자물통으로 잠겨있어요
뒤돌아 앉은 아버지의 등처럼

열쇠는 아버지의 손을 벗어난 적 없고
벽장을 열고 닫는 것은
달과 수의와 흙에 관한 이야기

아무도 몰래 벽장 속으로 숨어들면
환하고 즐거운 무덤 속 같은,
그곳에는 가족의 흙냄새가 묻어나는
가볍고 흔한 사물들과 함께
아버지의 누런 일기장이
빛바랜 달처럼 풀어지고 있어요

까까머리 오빠들의
구슬치기와 포도나무 밑의 노랫말들
내가 첫 발을 떼어놓던 꽃신
나이테를 만들어내는 나무처럼

벽장이 살아 숨 쉬고 있어요

아버지, 나도 저 벽장 속에서
달그락거리는 달
달빛을 받은 고운 수의이고
나비의 표본이고 옻칠한 관

나는 아버지의 벽장을 하얗게 지키고 있는 달빛병정

달빛이 구름을 먹어 치우듯
검은 입 속으로 꿀꺽 삼켜지고 싶은

바디삭스

그러니까 노래들, 따듯해
둥근 사막들
내 안의 새로 숨 쉬는 거야
내 안의 물고기로 태어나듯이

엄마는 끝없이 쫓아와
되묻고 질문한다
자꾸 허공만 물어뜯는
아이는 언제나 화분처럼 놓여 있다
장난감을 오래도록 걸어두면서

어쩜 아이가 꿈꾸는 세상은
마주 잡은 손의 온도 아니었을까
풀들이 성장하고 빛이 번지는
초원의 물길을 따라
끝없이 부풀은 오렌지나무 위로
쏟아지는 나비의 그림자들

가볍게 날아오른 춤사위

지상의 모든 생물들이 열려 있다

더 느슨하게
덜 목마르게
오렌지나무는 태양에 걸려 있고
엄마의 목소리는 주머니 속에서 터져 나오고

그러니까 사막들, 명랑해
눈부신 체온들

사건수면

무의식 속에 내가 간절하다

내가 나로부터 도망치고 싶을 때 있다
가까울수록 거추장스러운 사람들을 떼버리고
그들과 약속한 약속도 버리고
지긋지긋한 나의 현상을 빠져나와
어슬렁거리는 개이고 싶다

정오의 어둠 속에서
버려진 저 얼룩에 코를 묻고
오해나 미움이 있으면 잘 씻어 말려
다시 제자리 찾아서 놓아두고 바라보고 싶다

옥수수 파는 늙은 여자의 오후이고 싶다
소반에 잘 쪄진 옥수수 올려놓고
졸음이 오는 한여름을 끄덕거리며
달콤한 바람과 바람나고 싶다

꿈속에서 꿈에게 말을 걸듯

섬 자락에 걸터앉아 갯벌 속을 들락거리는 구름이고 싶다
구름과 구름이 모여드는 그늘이고 싶고
구멍 속 오랜 이야기고 싶다

미칠 듯이 그럴 때 있다
그냥 고장 난 꿈이고 싶을 때 있다
내가 아니라서 행복할 것 같은 잠꼬대를 흥얼거린다

누가 내 잠꼬대를 엿들었는지
지구 밖으로 떠밀려 와 있는 신발 한 짝

연관검색어

검색창에 나를 띄우자
선인장, 더치커피, 모자, 코끼리…… 낯익은
담장의 소나기였을까
걸음을 멈춘 흙냄새였을까
나도 모르는 나를 낳느라
그렇게 많은 물을 마셨나 보다

공원은 빵 속 같고
한낮은 둥글다
의자는 그늘 밑에도 놓여 있고
풀꽃을 등지고도 있다
그늘과 풀꽃 사이,
자전거 몇 대가 묶여 있다
굴러가야 할 사상과 이념
채찍과 화해 자물쇠로 잠가져 있다

바람뿐인 공원에 너를 띄우자
정류장, 선술집, 만년필, 야구장……,

도망친 신발을 끌고
지붕 위를 쏘다니는 불면이었을까
우린 떠나온 듯 침묵하고 있다
시의 형태를 빌려와
북 치고 노래하는 나와
충실하게 배설하는 네가 있을 뿐

창과 창 사이,
북쪽을 향한 너의 돌담길과
남쪽을 향한 나의 맨발이 환하다
돌아오는 길에
구름에 묶여 있는 바퀴를 굴리자
돌탑, 호수, 메타세쿼이아, 아우라지, 양떼목장……

민낯

삼 년의 사랑을 끝내고 돌아와
화장을 지운 거울의 민낯을 마주한다

월요일엔 로즈마리 향수를
비 오는 날엔 보라색 마스카라를
화장에도 산맥이 있어
천 개의 색깔을 모으면
뜨거워지는 천 개의 유리였다가
천 개의 바람으로 흩어지곤 했다

우리의 사랑은 여기까지야
마치 여기까지 물이 멈추고
여기까지 숲을 사용하고
여기까지만 허락된 눈빛처럼 그렇게
여기까지만으로 화장을 지운다

환하게 드러나는 샘물이다
샘물에 떠 있는 달이다

달 속에서 흔들리는 너의 두 발
가만히 들여다보면
밤을 풀었던 꽃잎이 떠 있다
달의 뺨이 얼룩져 있다

빈 나무처럼 세워진 화장품들
동그랗거나 길쭉한 나뭇가지가 흩어져 있다
계절을 다시 써 푸른 잎들이 돋아나면
허공으로 사라진 집 한 채 다시 세우고
담장 가득 나비들을 풀어놓아야겠다

나비의 계단과 공중에 골몰한다

고루한 일상에 한 번쯤은

코와 입술을 비틀어보는 거야

너의 봄과 나의 겨울이 맞물리는 지점

전생에 하나였을 우리가 지구의 어딘가에서

서로를 갈라놓고 헤맬지도 모르는 일

토끼 눈의 빨간 빛은 충만일까? 슬픔일까?

빨간 손가락 빨간 피부 빨간 안개 빨간 정류장

차가운 미소가 한쪽으로 기울어지고

네가 시린 눈알을 굴릴 때마다

우리의 마임 극은 절정에 달하고 있어

술렁거리는 뜻밖의 무늬를 꺼내보며

에둘러 돌아온 우리의 발자국을 맞춰보는 거야

왼쪽이 다른 오른쪽 오른쪽이 다른 왼쪽의 문명들

과거와 미래 사이에서 찾은

우리의 하나 됨을 축복하고 싶어

사랑을 고백한 입술, 위험한 장난에 머뭇거리는 눈동자

다소곳해지는 하루해가 깊어지고 있어

따로 또 같이 쏘아 보내는 한 줄기 빛

씰룩거리는 얼굴에 꽃물이 드는 오월이야

액자 속에 갇힌

우리의 합성된 자화상

웃지도 울지도 못하는

외투

양지바른 계단에 한 사내가 걸터앉아 있다

비둘기들은 사내의 무릎 아래서 한가롭고
살결은 어느새 검은색 가까이 와 있다
어루만지기를 수천 번
피부의 지문이 닳도록 여자의 머리를 쓰다듬다가
입을 맞추다가 속삭이다가
다시 제자리로 돌아와 계단이 된다

검고 부드러운 피부
도려낼 수도 없는 살 냄새
살을 나눈 밤이 자라고 불빛들이 가렵다
언제부터 유리는 녹슬고
지붕을 갉아먹는 공기들이 스며든 걸까

단추는 흔들림이 없다
실밥 한 올 빠져나온 적 없이 꼿꼿하다

봄날의 햇살 아래서 반짝이는 피부

피부의 살결을 한 올 한 올 만지작거리고 있다
빛바래고 반들거리고 다시 환해지는 사이
퇴적되어 지층을 이룬 피부 사이로

흘러가는 사내의 어깨가 깊다

습작하는 봄

실패한 어둠이 눈부시다

다량의 수면제를 털어 넣은
죽음이 삶을 연결하는 공식

새들의 날갯짓을 따라 훨훨 날아가는지
흔들어도 미동조차 없다

고개 숙인 태양처럼
물끄러미 여자를 내려다볼 뿐
사유를 묻는 의사에게 대답 대신
사내는 여자의 머리카락을 쓸어 올린다

활짝 핀 목련을 덮고 누운 여자

오른팔이 왼팔을 상처 내고 왼팔이 오른팔로 건너가는
그 억겁의 시간이 흘러가는 동안

실핏줄이 터지고 또 터져

고등어 등짝 같은 색을 띨 때까지
깨어나라고, 그만 강물을 거슬러 되돌아오라고
바람 타는 옷자락을 멈추라고

무의식 속에서도 통증을 느끼는지
간간이 팔을 쓸어내리는 여자
깨어나고 싶지 않은 목소리, 초상화,

목련이 눈처럼 쌓여 여자의 실루엣을 지우고 있다

굳은살이 피었다

만져도 피가 돌지 않는다

통점이 없는 이별이란
썩지 않는 바위와 같아서
오전과 오후가
안과 밖이 모호해졌다

망설이다
바위가 오기까지 멀리 가지도 못했는데
망치를 들어도 눈물이 오지 않는다

늦은 저녁의 하루살이처럼 무심히
내 눈동자 속으로 들어온 너
깜박거려 눈물길을 열어도 여전히
내 안에서 죽기를 희망하는지

길게 불러도 아무런 응답이 없다

너를 냉동실에 넣었다가 꺼냈다가 급기야
버리지도 못하는 내 목을 치기까지

방향을 틀어 먼 수평선을 바라본다
발등에 떨어진 배꼽을 줍다가
그러다 아무 일 없었다는 듯

입술을 대도 번지지 않는다

제3부

열려라, 이모

우두커니 풀밭에 있다
중심을 맴돌고 있는 나비

바늘 한 방이면 터지고 말 물풍선처럼
팽창된 공중

공중을 활보하는
벌레들은 친절한가,
나쁜가,
뜨거운가,

이모는 창백하다
멀리 뛰지 않는 이모
이모에서 이모로 끝나는 이모
이모의 꽃말은 무엇일까 궁금한 적 있다

벌레와 꽃 중에 누가 더
거짓말을 잘하고 누가 더 오래 달릴까

누가 더 쓴맛을 잘 소화하고 누군가 더
오래도록 참을 수 있다면
과연 누구의 공중이 승리한 걸까

할머니는 이런 이모를 조신하다며 아꼈다
늘 앞장세워진 이모

우두커니 나무 곁에 있다
중심에 묶인 염소의 뿔

공중에서 번개가 내린다면
숨 쉴 수 있을까 딱딱한 기분
터질 듯 차오르는 물질들
덜어낼 수 있을까

열려라. 이모

어쩌다, 기분

방아쇠를 당겨
머리통을 날려버리는 상상을 한다
어쩌다 기분으로

총구를 머리에 대면
긴장하는 것은 머릿속일까
방아쇠에 얹은 나의 엄지손가락일까

서로를 벗어나 마주한다
사과는 시들고 수염이 자라는 동안
우린 서로 묵인하에 즐겼을지도 몰라
새장의 새가 탈색되는 줄도 모르고

허공에도 빨간 신호등이 있어
감나무에 감이 열린다면
누군가는 아이들을 목놓아 부르고 또 다른 누군가는 돌아
오겠지
나는 총을 아끼다가

비틀어 새로 되돌려놓았다

새가 총으로 되돌아올 수 있다면
아이들을 불러 모으고
피자를 굽겠네
총을 바삭하게 구워

뇌부터 씹어 먹겠네

방아쇠를 당기면
어쩌다 기분이 되어

바깥

나는 안의 서정을 버리고

바깥에는
날것의 공기가 있을 거야
비릿한 감정이 생겨날 거야
그토록 암기할 거야

처음부터 못이 휜 것은 아니었어
못의 갈망이라든가,
벽의 저항, 그런 소소한 기분으로 시작됐지
망치를 내리칠수록
더욱더 열망하는 불꽃들

미지의 세계에서
어둠의 껍질이 깨지고

그러니까
숲이 복제되고

도끼가 던져졌고
피가 튀는 맨발들

휘고 싶어 흰 물길이 어디 있겠어
내리치는 손목이 장난쳤던 거야
슬쩍 딴 곳을 흘깃거리면서
대충 열었던 거야
심심하게 고백했던 거야

더 세게 내리쳐봐
머리가 깨져 피를 보도록
왕창 웃다 시들도록

그러니까 바깥은
헐거워

늦봄

언제 적,
매달아놓은 안개꽃이 툭 떨어졌다

말을 잃은 피부 같아서
침이 마른 끝말이어서

폴짝 먼지가 날고
슬쩍 목소리가 사방으로 흩어졌다

끝내기 위해 악을 쓰며 절정에 오른
송곳니 같은 날들이어서

설핏 찡그린 바람이 지나가고
울컥 목젖을 삼키는 계절

색이 빠지는 투쟁과 맹세
덧없이 낮잠을 방해하는

지금 여기 고요한 소란의 시작

손가락 사이에서 바스러지고 마는
먼 행성의 목숨들 사이로

풀풀 멀어지는 살의 향기여

굴곡진 혓바닥이여

가을 랩소디

네가 남자였음 좋겠어
수화기 너머로 오래전 혼자 된 친구가 말한다

흐릿해진 달빛의 적요를 물고
몸으로 쓰는 사랑이고 싶은 그런 날 있다

가볍게 혼자 먹는 밥의 중심에서
무탈하게 침묵으로 일관하는

그런 날, 그러니까 느닷없이 여자를 해결하고 싶은 날 있다. 배란기 때 더 조급해오는 잘 자라는 말, 밥은 먹었느냐는 소소한 입김이 그리운 친구는, 달빛을 뒤집어쓰고 혼잣말을 흘려보낸다. 깊숙한 곳을 찌르는 손가락. 체위를 바꾸는 달그림자를 따라 뒤척이다가 흘러가다가. 스스로를 어루만지며 달의 문을 열고 닫는다

음악, 담배, 책 같은 수족들이 곁에 있다
방 안의 사물들은 정갈하다

세 번째 서랍은 굳게 닫혀 있다

네가 남자였음 좋겠어
하현달이 빗겨 지나가는
빈방에서 물들고 있는 한 여자가 있다

종이

꿈꾸는 혀를 찌르듯

내가 고래 무덤이야 하면 넌 무덤을 없앤 바닥을 보이고

네가 떨리는 철사야 하면 내가 철사를 뺀 종이인형의 목
을 세운다

만났으니까 불꽃이 튀고 헛것이 되어가고

서로의 상처를 나열하다가
핥아주다가

너에게만큼은 창백해지려고 무던히도 달빛을 꺼트렸는
데

어디로 흘러가고 있기에

우리의 영혼은 빗겨가는 걸까, 네가 소망하는 종이인형은

사라진 지 오래고

　나의 늪으로 빨려오는 고래

　다름은 잔혹한 평화
　수면양말을 신고 한낮을 잠근다

　하늘로 헤엄쳐 간 고래라고
　종이인형의 숨 쉬는 옹알이라고

　네게 입술을 대면

　천 개의 나로 재생된다.

세렌디피티

바삭하게 잘 구워진
사내가 배달되었다

정전과 촛불 사이에
소원했던 첫 키스를 했다

콩깍지 사이로 날아오르는
참새 떼의 날갯짓 소리를 들었다

몇 년 동안 방치한 화분에서
애벌레가 기어 나왔다

역방향으로 앉았다
처음 너를 만난 그 지점에 도착했다

낯선 도시, 중심에서
에스프레소를 첫 경험했다

밑동을 자른 란,
말문이 터졌다. 어둠을 고백해야겠다

창문을 기어오르는 물방울의 씨앗들
내게로 오는 길

뛰어내릴 것인가 말 것인가
등 뒤에서 설핏 너의 목소리가 들려왔다

사이, 온 우주를 등에 메고
냉이꽃이 피었다

곤궁한 아침

밤새 헤엄치는 당신의 몸속엔 부레가 없다

오해였으면 좋겠지만
4배속으로 지나가는 행인이었음 하지만
플레이된 당신을 삭제하기엔 불가능한 일
현관을 밀고 들어오는 발자국에선
홍등의 긴 허리를 돌아왔을
이국의 향수가 배어 있다

당신의 뒤통수 제비꼬리는 권태기의 상징
멀쩡한 발꿈치를 놓고 옥신각신이다
기념일에 걸어놓은 케이크가 녹아내리고
굶주린 고양이의 발톱으로
나는 당신 앞에 서 있다

급하게 달아나는 당신의 꼬리
물의 물맛을 삼켜보려 하겠지만
나는 침전된 유리 가루를 휘저어놓고

시행착오 끝에 성공한 칼잡이처럼
당신의 목을 내리치면
마술처럼 하얀 꽃이 식탁을 장식한다

잘못 도착한 행성의 아침처럼
불편한 외계인을 만난 듯
당신은 발을 동동거려보겠지만
수면 위로 떠오른 부레엔 핏줄이 선명하다

당신의 셔츠 위로 숨어든
여우 입술이 활짝 피어나는 아침

여백

가까이 가서 보니
말라죽은 지렁이였다

가을로 접어든 공원이었고 지렁이와 흡사한 나뭇잎들이
바닥을 쓰고 있다 하마터면 한 번
더 죽음을 밟고 지나갈 수도 있었던 걸음이었다

생을 다 써버린 여백
설령 누군가 죽음을 밟고 지나간들

미처 전하지 못한 말은 내일도 생겨나므로
낙엽처럼 사랑해라는 말

사방으로 심어놓은 사랑을 다 태워버리고 더는 태울 것이
없어서
흔들어 열매를 떨어트리듯이
나뭇잎으로 되돌아오듯이

그날 그 장소를
한 뼘 더 자세히 생각해보니

까맣게 타들어가는 이름이었을지도 모를 일

새와 자두의 여름나기

자두는 공중에도 바다가 있음을 모를 거야 모래가 우거지고 파도를 타고 기도하는 새들의 목록을 모른 채 우물쭈물하다 익어갈 거야

자두는 제 어깨에 앉았다 간 새의 독백을 모르며 온종일 창문을 기웃거리다 한참을 머물다 간 새의 간절함을 모른 채 붉어질 거야

익어가는 양 볼이 통통한
웃을 듯 웃지 않는 도도함으로
흘리지 않는 매혹으로

새는 기다림을 모를 거야 기다려야지만 익는다는 감정을 공중에 매달려 색을 바꿔 쓰는 시간을 모른 채 빈 가지만 건너고 있을 거야

새의 온도가 느껴지고
물방울 같은 노래를 흩뿌리며

공중은 터질 듯 팽창되고

그러므로 수천 개의 바람개비가 돌고 물은 끓고 개들은
짖어대고 담장은 날아가고 사람들은 서로를 부풀린다

소나기가 두고 간 무지개를
자두와 새가 맨발로 건너고 있다

너의 일요일이 좋아*

바다는 액자 속에서 살고 있다
손발이 묶인 파도 울지 않는 모래

머리를 감을까 하다가 일요일을 꺼놓은 사이라 손만 닦았
다 손 안에 사과는 제법 안정적이다 빨간 크레파스를 칠해
놓은 것처럼 손톱으로 긁으면 파란 피가 날지도 몰라 그대
로 눈앞에 사과만 생각하기로 했다

깨물면 화들짝 놀랄 것만 같은
웃으면 따라 웃을 것 같은 하얀 잇몸으로

가끔은 바다를 꺼내 찰랑이는 물결을 맨발로 받아내듯이
모래의 눈물을 두 손으로 흘려보내듯이

우리는 서로를 단련시키고 있는 걸까

펜을 떼지 않고 한 번에 별을 그려내는 것처럼
사과가 이리저리 굴러가고 있다

별이었다가 별의 가장자리에서 별의 그림자로

먼지 쌓인 구두라도 닦아야지 하다가 밀린 영화를 몰아보다가 까먹은 아침밥이 생각나 늦은 콩나물국에 밥을 말았다

생각나지 않은 일요일이다

* 안웅선 시 일부

꾸준히 이기적

차라리 피를 토하지 그래
순결한 거짓처럼

며칠째 같은 꿈으로 앓고 있다면
그건 분명 네 사랑이 열반에 들었단 거야

꿈으로 이동할 순 없는 걸까
흙을 반죽해서
나비를 빚고 나비 속으로 들어가
휘저어놓은 공중을 주물럭거려
다시 흙으로 돌려보내는 그런 식은땀

꿈속에서 꿈을 난도질하듯
다시 더듬거리고 다시금 중얼거렸던
숱한 교각들 나무들 흙을 덮어쓴 색깔들

차라리 강물로 뛰어들지 그래
그렇게라도 함께 떠오를 수 있다면

버려두는 거야
고요를 뚫고 떠오를 때까지
누군들 잘린 손가락에 꽃물이 들겠어
차가운 이마에 입맞춤할 아침이 어디 있다고

지나가는 열병일 거야라고
계속해서 물을 마셔봐
꿈으로 배출되기까지

그의 심장을 꺼내 유리병에 꽂고
한생을 기다려봐
흙으로 빚은 나비가 꽃잎을 열도록

도망쳐라, 청춘아

새장의 문이 열리고
검은 껍질을 태울 때, 비로소

눈을 감고 멀리 본다
뜨거워서 창백해질 때
만지작거렸던 호흡들

줄줄 새는 저녁이 오고
시간을 앓는 새들은 멀리 날아가지 못한다

썩을 수 있을까
썩어 한 곳으로 물길을 틀 때

너와 즐겨 앓았던 경험
경험을 깔고 덮고 장난치며
그렇게 우리들 겨드랑이에서 피어나던 보풀들

사랑해, 네가 말할 때

뜨거워진다. 온 우주만큼
세상의 답이 온통 불꽃인 것처럼

우리의 기도만으로 썩지 못할 때
날것으로 한 몸이지 못할 때

도망쳐라, 청춘아

발견

바닥에서부터 설명된다
약 봉투에 기록된 날짜는 십 일 전이다

현관문을 뜯고 들어서자
빠르게 따라 들어오는 햇살들
제라늄의 붉은색들이 마구 흔들린다

엎어진 채로 격자무늬 옷은 무심히 늘어져 있다
부엌 수도꼭지에서 정확한 속도로 떨어지는 물의 가락들
똑 똑,
밖으로 터지지 못한 고요
한 방울이 또 다른 한 방울을 끌고 와 퍼지는 물의 파장

햇빛의 각도는 왜 하필 사선이었을까
하얀 빛에 베인 자리로
공중의 두께를 더한 먼지들이 반짝이는 힘을 모으고
무심히 지나치던 햇빛도
이렇게 꽃처럼 피어날 때가 있다

계절이 앞서간 창문 너머로

서둘러 도착한 수요일은, 오후 2시는, 발음하고 싶은 이
름들은,

흘러내리는 벽들

먼지들

빛들

사물들

불편한 해석

당신이 마른하늘에 날벼락으로 온다면 그렇게 증명된다면

재가 되어 흔적조차 없어도 살겠다

구름이 몰려오는 공원 벤치 민낯으로 뜨거울 때도 지독한
사랑으로 멍들어도 벼락은 항상 주머니 속에 있었다

벼락은 물구나무를 서도 오지 않는다
간장에 밥을 말아 먹어도 오지 않을 것이다
그렇게 굳게 믿으며 날마다 벼락을 다짐한다

벼락은 벼락일 뿐, 위로받는 고양이가 될 수 없다 감춰두
고 혼자 먹는 체리일 리는 더더욱 없다. 보고 싶어. 라고 세
상에 다짐해도 무심히 옆구리로 차고 들어올 리 없다

당신이 마른 강바닥에 날벼락으로 친다면
그토록 사랑이 소명된다면

벼락 맞은 여자의 최후여도 좋으리

제4부

우린 그때 십팔 세였다

창문은 그때 무엇을 했나
기웃거리던 새들은 창틀에 고인 햇빛을 쪼고 있다

운동장으로 교실을 비우자
담배와 피임약이 발각되고 따귀를 맞았다
우린 그때 십팔 세였다

가출을 연습하고 약을 먹고 오랫동안 깨어나지 못하는
창문으로 하염없이 별이 내릴 때
책가방으로 배달되던 우리의 어금니들

순차적으로 골목을 배우는 일
골목의 키를 낮추어 마주 보고
와락 껴안은 어둠을 오래도록 흘려보냈다

교실은 교실 밖의 목마름을 모르고
교실 밖은 교실 안의 습도를 모르고

존경해요 선생님, 카네이션을 들고
우르르 몰려가는 둥근 무릎들
우르르 넘어지는 설익은 붉은 빛들

그때마다 골목과 골목으로 숨어들며
샐비어의 키를 키웠지
붉게 호흡한다는 것
붉은 잠을 깨우고 붉은 낙서로 덧칠한 하루를 껴입을 때

혀가 길어지는 담장 밑에서

블루 선데이

빨간 미니 화분에 몸을 푼
선인장 두 쌍이 배달됐다
안녕, 사막은 낯설고 지루해
이별한 애인을 기다리는 블루 선데이
나비 한 마리 공회전하다 사라진다
빨랫줄에 물먹은 여자가 매달려 있어
파란 하늘이 뚝 뚝 떨어지고
집게에 잡힌 치맛자락이 바람의 손길을 즐긴다
꼬마 선인장은 사막의 전설을 알고 있을까
모래 속 낙타 발자국에 관한 기록이 있을까
한 뼘도 되지 않은 사막의 품에서
꿈꾸는 눈물을 키우는 선인장
대기권 밖 공기는 무표정하고
가시와 한몸으로 호흡하는 체온을 익힌다
성큼, 저 파란 대문을 뚫고 들어와
낙타 봉을 내려놓고 꼬마 선인장에게 입 맞추기를
모래바람 속에서도 나비의 비상은 끝없이
물먹은 여자의 어깨를 다독인다

푸른 사막의 중심에 매달려 있던
파랗게 물든 여자가 내려온다

꼬마 선인장은 나란히 창가에 자리를 잡았다
무작정 낙타의 느린 도착을 꿈꿔볼 참이다
찬란한 태양의 바다를 유영하며
고독한 사막의 꽃말을 피워내면서

안녕, 키스

키스하고 싶어
달의 습격을 받아 그녀가 내뱉은 말

감나무에 걸린 달, 창문에 아른거릴 뿐
이별은 멀수록 향기롭다

허울뿐인 키스를 띄워놓고
우린 어둠이 깨지도록 웃었다
웃음으로 무마하려는 가벼운 농담처럼
농담 끝에 창백해진 달빛을 묻은 채

흘러내리는 벽에 기대어
웃는 키스였다가 우는 키스가 오기까지
혼자 견뎌온 십여 년의 여백들

키스하고 싶어로 시작된
감꽃의 문을 열어놓고 자꾸 웃는다
자꾸 눈물이 샌다

웃음으로 뾰족해지는
키스는 얼마나 독한가, 얼마나 중독성인가

어둠을 완독한
그녀의 입술이 감나무에 걸렸다

기울어지는 달빛

완강한 여름

집 나간 언니는 소식이 없다
열흘이 훌쩍 넘기면서

폭염은 계속되고 있다
타들어가는 돌멩이들
옥상들
십자가들

소음과 함께 날아온 먼지를
뒤집어쓴 기념일
약속한 터미널

창틀에 놓인 화분에
초록이 왔다. 처음부터 끝까지 초록이 전부인
초록을 뒤집어쓴 초록 손수건 같은 비밀만 키워가고 있다

소음과 먼지에 대한 분쟁이 시작됐다
서랍 속, 밀봉된 언니는

흑백의 단발머리 사진으로 웃는다

완벽한 공휴일 같은
흠잡을 데 없는 영수증처럼

층층이 치솟은 창문들
현수막에 새긴 결심들

생물들은 빠르게 몸을 뒤섞고
우리는 생경한 단어를 피해 각자의 방으로 기어들었다

하얀 꽃말

양은 솥, 채반, 옥수수, 그리고 늙은 여자의 맨발
모두가 파라솔 안으로 들어와 있다

전봇대에 매달린 능소화 꽃이 떨어지고
떨어진 꽃을 밟고 가던 길을 가는 사람들
행인 1과 행인 9의 생각이 다르고 골목이 다른

사방 노을이 깔리는 변방의 저녁이 오면
독거노인의 고요를 온몸으로 껴안고
한 장의 어둠이 되는 노인
실루엣으로 처리되는 벽이 눕는다

가끔씩 개 짖는 소리로 뒤척이기도 하면서

벽과 벽 사이
공기와 공기 사이로 다녀갔을 살비듬이 즐겁다
반가운 햇살과 간밤의 안부를 나누며
제라늄에 물을 주며 시작되는 아침

만지면 묻어날 것 같은 걸음이 있고
입을 대면 건너올 것 같은 숨결이 있어
꿈을 모종한다는 것은 손발이 따듯해지는 것이라 믿기에
끊임없이 문밖을 나서는 노인이 길 위에 있다

하얀 꽃말을 다녀가는 바람이 맵다

말풍선

노란 고구마 속 같은

낮달을 띄워놓고

딸기를 으깨고 또 으깨봐도

빨간 물이 들지 않네

게임에 중독된

고슴도치의 장난처럼

까르르 웃는 백조처럼

코끼리는 진흙 샤워를 즐기듯이

이불 샤워에 빠져 있는 동안에도

빨강의 귀를 어루만지느라 아침이 길어지네

난 이미 빨강에 와 있다고

이미 빨강이라고 우겨보지만

개미들은 단맛에 빠져 꼼짝하지 않네

오후 5시의 태양을 깔아놓고

발톱이나 깎자 하고 허리를 굽히면

먼저 와 자리 잡은 얼룩말이 있고

지나가는 도마뱀이 있지

부추를 결대로 씻으면 빨강 비가 내릴까

염소를 방목하면 빨강 풀을 뜯을까
발부터 차오르는 빨강의 아가들
딸기는 무리 지어 번지고
나는 무리 지어 사라지네
동선을 잇는 사각형의 꼭짓점마다
벗어놓은 옷가지들
발에 차이는 술병들

샤워하는 빨강이 천둥처럼 찾아오면

독립만세

독립은 자유다라는
우직한 신앙심으로

나 홀로 독립을 외치는 날

와르르 넘어지는 불면의 목
웃자란 뿔이 뿌리째 뽑힌다

옮겨가는 모양들
표정을 찾은 색깔들

있거나 없는 아들은

준비된 장화처럼
목이 늘어진 셔츠의 시간으로
넘쳐흐를 것만 같은 물병의 입구에서

걸핏하면 문을 잠갔다

연애하는 악어처럼
연애하다 죽어도 좋을 악어처럼
구름이 뒤엉킨 밤이 오면
달빛에 몸을 씻기도 하면서

비로소 혈색을 찾은 벽과 바닥
나는 차를 끓이다가 노래를 줍다가 웃음을 흘리는 허벅지
를 꼬집는다

어제와 다른 문장을 깃발처럼 흔들며
경쾌하게 보다 더 힘차게

아들을 태운 이삿짐 차가 골목을 빠져나간다.

독립은 만세다!!

모종

꽃무늬 팬티 사이로
거웃이 없는 민둥산을 드러내놓고
억새에 흔들리는 바람을 쓸어내린다

오물거리는 햇살을 베고 누워
얼굴에서 등으로 등에서 젖무덤으로
두 무릎을 끌어올리며

동그랗게 말아 올린 우주
엄지손가락으로 굴리면 데구루루 굴러
지구 끝까지라도 굴러갈 자세로
새순의 봉오리였다가
활짝 핀 꽃말이었다가
손톱 위에 핀 열 개의 달을 오므렸다 폈다

아이 같은 새순을 밀어 올리며
집으로 오신 어머니
딱딱한 뼈의 뿌리를 정리하자

서쪽으로 몸을 밀어 넣고
어머니 화관을 쓰고 있다

불그스레한 뺨이 옹알이하듯
끝없이 혼잣말을 풀어놓는다

꼼지락거리는 발가락의 힘을 모아
온기의 흙 속으로 몸을 밀어 넣고
태아의 자세로 꿈을 꾸기 시작한다

태양과 노을은 같은 종일 터
노인에서 아이로 건너가는 중이다

내 이름은 보라

입양되던 날 보라색 운동화는 세 살
그대로 이름이 되어버린
라일락 담장의 속살도 보라색
손톱 속에 뜨는 달도 보라색
보라슈퍼 보라아버지 보라라이터 보라향수……,

달빛의 이목구비를 더듬으며
이층 오른쪽 창문에 실루엣으로 나타난다

입양아와 달의 거리를 거울에 걸어놓고
귀고리를 떼고 스타킹을 벗는 일
습성처럼 골목을 이해하고 생년월일을 암기하고
모르는 별의 이름은 그대로 묻자

곰은 곰의 방식대로 배를 채우고
여우는 여우의 감정으로 영화를 보겠지
한밤이 주는 아늑함은
꿈의 부스러기로 흩어져

한쪽으로만 기우는 달빛

보라의 운동화는 스물세 살
보라슈퍼의 간판도 스물세 살
아장아장 걸어오는 아이였다가
자꾸만 두리번거리는 귓속 달팽이였다가

보라야, 거듭 뒤돌아보는
거리에서 육교 위에서 전철 안에서
조용히 멀어지는 보라의 물결

아무거나

나른한 관계에 접속 중입니다
호명이 늦을수록 가까워집니다

색들은 충만하고 갈등은 고조되고 있다

말캉한 것과 단단한 것의 차이
익은 것과 떫음의 차이
속이는 것과 느리게 빠지는 것의 차이라면
단지 그뿐이라면

선택을 고려 중입니까
장난스럽게

수염은 식물성입니까
아찔하게

유혹이 소문 없이 묻어올 때
취향의 성질은 제멋대로여서

삐딱이 무기인 사춘기처럼
꽃잎들 난분분합니다

상한 하늘이면 어떻고 하늘이 뱉어낸 뉘면 어떻습니까
나는 적조를 게워낼 것이고
차올라 기웃거릴 것이니
아무거나 소화시키겠습니다.

시작해요,
점박이 고래면 어때요

아무거나 취하겠습니다
격조 있게

왜 네가 아니면 전부가 아닌지

내 몸속에는 견고한 생각주머니가 산다

장소도 새도 주머니 속에서 기생한다
곱씹으면 씹을수록
장소가 번지고 기분이 웃자랐다

주머니의 입구를 만지작거리자
새 한 마리 푸드덕 날아오른다

공중은 한없이 굴절되어
몇 날 며칠 새를 낳느라
까만 울음을 토했다

녹슨 꼭지를 틀어놓고
방목하는 새들을 헤아리는
아! 지긋지긋한 날것의 입냄새

그것은 내 두개골을 파먹는

부리 긴 새의 오래된 다정이기도 하고
종결어미가 없는 생의 파노라마 같은 것

그러니까 새는 내 몸속에
끝없이 알을 낳았던 것

신호등이, 신호등이 아니고 새인지
딱정벌레가, 딱정벌레가 아니고 왜 새인지
감은 눈 속에 떠 있는 새라고 자꾸 우기면서
목을 잡고 입을 맞추는지

왜 네가 아니면 전부가 아닌지

달리기

당신은 이미 출발했다

신을 경배하기 위해
병석에 누워 있는 자의 기적을 위해
달리는 동안의 공백을 아껴 먹기 위해

당신이 당신을 향해 달리는 동안
집 나간 여자가 돌아왔고
검은색과 친해졌으며
완두콩을 골라내지 않고도 자장면을 먹었다
가려운 곳이 사라졌으므로
부드러운 감옥을 취할 수 있었다

구름의 감정을 분리해
당신을 깨워 달리게 하는 일
수선화 핀 언덕을 속삭여주고
노란 눈동자로 물드는 저녁을 바라본다

언제 적 먹은 분홍색 알약이듯이

구겨진 종이의 고백이듯이
오늘은 빵 굽는 기도로
당신은 유쾌한 바람처럼 달리고 있다

우리는 서로 모르는 사이다

괜찮은, 척

오렌지를 모자 속에 넣고
클럽에 갔어요

무리 중 하나의 이마, 지정된 명령, 상냥한 앞가슴을 내미
는 것

사랑을 듬뿍 받은 토토처럼
이별을 모르는 선인장처럼

오렌지를 비벼가며
어깨와 어깨 사이는 평온해
모두가 거짓인 것 같은 처음인 듯

괜찮니? 누군가 다가와 나를 들킬 때
서둘러 오렌지를 꺼냈죠

저린 팔을 흔들어보는 것
핸드폰의 불빛을 쬐는 것

기다림이 오래인 사람은 알지

독성이 강할수록 사랑에 중독된다는 사실을

웃는 눈물을 서둘러 깜박이는 인형처럼

사랑은 곳곳에서 출몰하죠
당돌한 씨앗의 처음처럼
이별쯤이야
나는 취했고 오렌지는 내 손에 머물러 있고
구두코는 밟히지 않았으니까

침이 고이는 알갱이를 한 올 한 올 터트려
단물에 혀를 깊숙이 밀어 넣으며

괜찮은 척, 몇 번이고 시고 떫음을
높이 던졌다가 굴렸다가를 반복하면서

애착베개

누구도 베개 속에 내가 키우는 토끼 한 마리 사는지 모를 거야 내 마음을 무시한 채 떼어놓으려고만 했으므로

많이도 우는 나는

신념에 가까운 고집으로 토끼를 지켰다. 토끼와 장난감, 토끼와 과자, 토끼와 낮잠, 탯줄을 자르지 않은 태아처럼

활짝 피어나는 토끼
비에 젖어도 울지 않는 토끼

태어나 엄마라고 발음한 적 없는 내가 토끼의 손을 잡고 걸어간다. 갸우뚱 넘어지려는 중심을 일으켜 세우며 안아 주다가 달래주듯 볼에 대기도 하면서 아장아장 앞으로 나아 간다

부드럽고 날씬한 귀에
심어놓은 엄마의 자장가 소리를 들으며

토끼의 손을 놓쳐서는 안 돼, 라고 다짐하면 하얀 우유를

먹을 수 있다, 말도 잘 듣고 넘어지지 않고 오래 걸을 수 있
다. 친구와 과자를 나눠 먹을 수 있으므로

  토끼를 사수할 것
  엄마라고 기도할 것

  쑥쑥 태어나는 토끼
  노래를 불러도 목이 쉬지 않는 엄마

다시

　문을 열어 거실로 부엌으로 방으로 베란다로 다시 종달새로 다시 음악으로 다시 나뭇가지로 다시 유리에 기대어 책장을 넘기고 물을 끓인다 구름과 빛이 번갈아 거실 깊숙이 들어와 서로의 체온을 나누며 꽃을 다듬고 거울을 닦고 찻잔을 든 거울 속이라고 그렇게 중얼거리는 발자국을 옮겨놓느라 다시 공중으로 다시 제비꽃으로 다시 종이로 다시 컴퓨터 앞으로 다시 의자로 다시 네모를 굴리며 또다시 거울 밖이다 그렇게 다시를 낳고 어루만지는 동안 그 많던 개미들이 사라졌으며 두 해를 거르던 세발 선인장이 늦은 십이월에 소란스럽게도 몸을 풀었다 계절이 어긋난 문장처럼 호호거리며 빨강을 게워내느라 숨이 차오르고 아들은 독립을 앞세워 방을 비웠다 토토는 두 번째 새끼를 낳았으나 새로 풀어놓은 금붕어는 한 달을 넘기지 못하고 한 마리가 죽어 다시 누군가는 짝을 잃었다 문은 빨리 열리고 느리게 닫힌다 나는 처음부터 다시 문을 닫고 사막으로 명왕성으로 다시

'너'를 향해 기우는 꿈

장은영

> '넌 누구니?' 하고 쐐기벌레가 묻자 앨리스는 부끄
> 러워하며 이렇게 답했다.
> "설명할 수가 없어요. 죄송해요. 하지만 아시다시
> 피, 나는 내가 아닌걸요."
> ― 루이스 캐럴, 『이상한 나라의 앨리스』 중

내가 아닌 꿈

정운희 시인이 첫 시집에서 "나는 숨 쉬는 소파이고 해바라기가 놓인 정물화"이며 "잘 달구어진 유리의 햇살"(「고양이의 입장에서 보면」, 『안녕, 딜레마』, 푸른사상사, 2014)이라고 말했을 때 동화의 주인공 앨리스를 떠올렸다. 이것이며 저것인 '나'로 존재하는 세계에서 시의 화자는 앨리스가 그랬던 것처럼 다른 무언가로 변형되기를 거듭했고 자기를 설명하는 데 실패했다. 이상하게 들리겠지만 이 실패는 새로운 사건의 가능성을 얻는 계기처럼 보였다. 시 속에 등장하는 불확정적 화자인 '나'는 자신을 상실할지도 모른다는 불안 이면에 다른 내가 될 수 있다는 기대와 설렘을 표출하고 있었기 때문이다. 기억을 더듬어 첫 시집의 표제시 「안녕, 딜레마」의 한 대목을 떠올려

보자. 유리창 바깥쪽에 매달려 있는 매미와 집 내부의 거울에 비친 매미가 서로 다른 실재라는 사실을 포착했던 시인은 보는 것과 보여지는 것의 차이를 사유하며 보는 주체인 '나'와 보여지는 '나'의 불일치를 이야기했다. 일상에서 목격되는 현상을 매개로 '나'의 불확정성을 말하는 이 시에서 드러났던 것은 대상을 보는 시선(the eye)의 주체와 세계에 의해 응시(the gaze)되는 주체의 "봉합할 수 없는"(「안녕, 딜레마」) 간극이 바로 불안/설렘의 출처라는 점이었다.

두 번째 시집에서도 시인은 시선과 응시의 간극이 만들어낸 심연에서 내가 아닌 꿈을 꾸고 그 꿈은 시를 쓰는 행위로 이어진다. 정운희의 시 쓰기는 자아에 대한 인식의 균열을 확장하며 또 다른 '나'를 발견하는 과정처럼 보인다. 그 과정을 담은 이번 시집에서 시인은 "안의 서정을 버리고" "바깥"(「바깥」)으로 향하는 서정의 전환을 시도하는 한편 '나'의 분화(分化)를 형상화한다.¹ 갑작스레 몸이 늘어났다 줄어들기도 하고, 다른 형태로 변하기도 하는 동화 속 주인공처럼 시의 화자인 '나'는, 내가 아닌 꿈을 꾸듯 또 다른 존재 되기의 가능성들을 가로지르며 분화하는 중이다. 자유로운 기표가 되어 아이덴티티의 장을 유희하는 꿈은 "고장 난 꿈"(「사전 수면」)에 지나지 않을지도 모르지만 그 꿈의 세계는 앨리스의 이상한 나라처럼 통합적 원리나 지배적인 규칙이 없는 자유로운 '~되

---

1 2000년대 이후 한국 시에 나타난 탈주체화 현상과 구분하기 위해 분화라는 표현을 사용했다. 탈주체화나 주체의 분열이라는 표현이 더 익숙한 표현이겠지만 그런 표현은 개별적 텍스트로서 시보다는 포스트모더니즘 담론에 의존하게 만드는 경향이 있기 때문이다.

기'가 가능한 환희의 공간이다. 다만 그곳에 도달하기 위해서는 정
운희의 시가 보여주듯이 두 가지 과정이 선행되어야 한다. 견고한
자아를 부인하기. 그리고 (타자인) '너'를 향해 기울어지기.

'나'를 부인하기

정운희의 시에서 발화하는 '나'는 자기에 대한 규정이나 명명을
거부한다. 시에서 자기를 부정하고 균열을 드러내는 발화는 포스
트모더니즘의 영향 이후 우리 시에 드리워진 현상이며 그에 따라
시적 주체라는 표현이 사용되기도 했지만 정작 발화자에 대한 호
명보다 중요한 것은 그들이 동일성의 자아로부터 빠져나오는 각
각의 방식과 발화의 뉘앙스에 있다. 새로운 서정을 창조하는 미학
적 갱신의 문제는 담론이 아닌 시에서 표출되는 구체적 발화와 그
것의 효과에 있기 때문이다. 정운희의 시에서 화자인 '나'가 자기
인식의 폐쇄성을 벗어나는 방법과 그것의 시적 형상화가 중요한
이유도 여기에 있다.

내 몸속에는 견고한 생각주머니가 산다

장소도 새도 주머니 속에서 기생한다
곱씹으면 씹을수록
장소가 번지고 기분이 웃자랐다

(중략)

그러니까 새는 내 몸속에
끝없이 알을 낳았던 것

신호등이, 신호등이 아니고 새인지
딱정벌레가, 딱정벌레가 아니고 왜 새인지
감은 눈 속에 떠 있는 새라고 자꾸 우기면서
목을 잡고 입을 맞추는지

왜 네가 아니면 전부가 아닌지
　　　　　　—「왜 네가 아니면 전부가 아닌지」 부분

　'새'는 정운희의 시에서 자주 등장하는 대상이다. 그만큼 '새'가
환기하는 의미의 폭은 넓지만 한편으로 '새'가 탈주를 상징하는 존
재라는 점은 여러 시를 관통하는 사실이다. 이 시에서도 '새'는 "견
고한 생각주머니"로부터 갇혀 있기를 거부하며 날아오른다. '새'
는 기존의 질서를 이탈하는 운동이자 힘이며 그 힘의 방향은 자아
를 지배하는 현실의 질서 바깥을 향하고 있다. 그런데 '새'의 의미
보다 중요한 대목은 "생각주머니" 내부의 암흑을 폭로하듯이 "까
만 울음"을 토하며 날아오른 새의 탈주 그 자체가 아니라 이후의
변화에 있다. 그 이유는 새가 남긴 "알" 때문이다. 생명을 품고 있
으나 아직 식별 가능한 상태로 분화되지 않은 "알"은 무엇인지 규
정할 수 없는 비표상적 대상으로서 말 그대로 하나의 잠재성이다.
그러니 "새"가 '내 몸속에/끝없이 알을 낳았'다는 것은 '나'의 "견고
한 생각주머니" 안에 무엇인지 알 수 없는 것들이 자라나고 있다
는 얘기가 된다. 그런 "알"의 식별불가능성 혹은 잠재성은 자아를
두렵게 한다. 자신의 일부가 무엇인지 알 수 없는 이질성이라는

사실 앞에서 자아의 동일성은 균열되기 때문이다.

자아의 내면에 서식하는 이질성의 존재 방식을 정운희는 "기생"이라는 말로 표현한다. 숙주보다 작고 미약하지만 빠른 속도로 번식하며 숙주에게 영향을 끼치는 기생 생물처럼 "새"나 "알"은 자아에 의존하는 방식으로 자신의 숙주인 자아의 형질을 변화시키며 자아와 공존하기 때문이다. 정운희의 시세계에서 주체와 타자의 역학 관계를 보여주는 "기생"이 궁극적으로 말하고자 하는 바는 '나'와 '너'의 필연적 관계에 있다. "새"는 날아갔지만 새가 남긴 "알"이 내 안에서 부화하는 중이므로 비록 네가 자아로 동일화할 수 없는 타자라고 하더라도 '너'는 '나'와 분리할 수 없는 존재라는 점, 그것이 우리의 필연성이다.

정운희가 시가 말하고자 하는 바는, 서로를 전제로 삼는 존재론적 필연성 때문에 '나'는 내가 아닌 다른 무엇이 되고 있다는 사실이 아닐까. 그렇게 보면 "네가 아니면 전부가 아"니라는 진술은 '나'의 존재를 증명할 수 있는 근거의 중심축이 네 쪽으로 기울고 있다는 의미로 해석된다. '너'를 내 존재의 중심에 둠으로써 정운희의 시는 '나는 누구인가'라는 회귀적 질문에서 벗어나게 된다. '나는 누구인가'라는 질문은 이제 '나'의 '바깥'인 '너'를 향한 것으로 바뀐다.

검색창에 나를 띄우자
선인장, 더치커피, 모자, 코끼리…… 낯익은
담장의 소나기였을까
걸음을 멈춘 흙냄새였을까
나도 모르는 나를 낳느라

그렇게 많은 물을 마셨나 보다

(중략)

바람뿐인 공원에 너를 띄우자
정류장, 선술집, 만년필, 야구장……,
도망친 신발을 끌고
지붕 위를 쏘다니는 불면이었을까
우린 떠나온 듯 침묵하고 있다
시의 형태를 빌려와
북 치고 노래하는 나와
충실하게 배설하는 네가 있을 뿐

— 「연관검색어」 부분

  정운희 시인이 자신의 시 쓰기를 통해 스스로 던지는 질문을 생각해 본다. "검색창에 나를 띄우"면 연달아 나오는 "선인장, 더치커피, 모자, 코끼리……" 등 연관 지을 수 없는 수많은 대답들이 모두 '나'라면, "나도 모르는 나"까지도 '나'라고 말할 수 있는 것일까? 우리는 또 묻게 된다. 이와 같은 '나'의 분화는 자아의 상실이나 죽음을 뜻하는 것일까?

  분화가 등질적인 것에서 이질적인 것으로 변하는 현상을 말하듯이 '나'의 분화는 단일성을 띤 내가 이질적인 존재들로 변형되어 결국 스스로를 설명할 수 없게 되는 상태를 말한다. 더 정확히 말하면 '나'의 표상들이 너무 많아서 하나의 단어나 단일한 표상으로 규정할 수 없는 상황에 가깝다. '나'의 분화는 어떤 원리나 구심이 없는 사건의 펼쳐짐 같은 운동같은 것이기도 한데, 욕망의 분출을 동력으로 삼는 운동 속에서 '나'는 규정적 자아에서 벗어나 우연히 인접한 사물이 되기도 하고 심지어 "나도 모르는 나"로 치환되기도 한다. 분명한 것은 '나'의 분화가 자아를 상실하는 것과 다른 종류의 사건이라는 점이다.

「새인 듯 새가 아닌 듯」에서도 화자인 '나'는 사라지는 것이 아니라 '너'로 인해 다른 것으로 변해간다. 내가 "미라처럼 깨어 있"는 "밤이면" "내게"로 "총. 총. 총. 들어와/거짓말처럼 무심한 하루를/종알종알 완성시"키는 '너'로 인해 마치 전이가 일어나듯이 '나'는 다른 존재가 된다. "너는 누구니?" 물어도 답하지 않고 "무엇의 응대도 없"기에 누구인지 알 수 없는 '너'에게 무방비 상태로 "내 심장을 파먹"히면서도 '나'는 '너'를 거부하지 못하고 받아들인다. 그렇게 해서 또 다른 '나'로 태어난다.

'너'를 향해 기울어지기

정운희의 시는 미지의 대상인 '너'를 향해 관심을 쏟아 왔다. '새'처럼 온전히 포착할 수 없는 대상인 '너'는 설명될 수 없는 존재이지만 시인은 '나'와 '너'의 포즈에 대해 "너는 벽의 안쪽을 향해 있고/나는 안쪽을 향한 벽의 테두리 밖에서 곰곰"(「시적 거리」, 『안녕, 딜레마』)하다고 언급한 적이 있다. 경계를 사이에 둔 우리의 관계에서 '나'의 방향이 언제나 '너'를 향해 있음을 보여주는 이 장면은 인식의 경계 밖에 있는 '너'는 식별 불가능한 대상이어서 '나'는 '너'를 상상할 수밖에 없고, 그것이 내 시선의 무력함을 느끼게 만드는 조건이라는 점을 말하고 있었다.

두 번째 시집에서도 '너'에 대한 '나'의 태도는 다르지 않다. '너'에 관한 형상화 방식을 자세히 보자. '너'는 시처럼 관념적 대상을 이르기도 하지만 아버지나 어머니, 이모나 아들처럼 혈연관계의 가족일 때도 있고, "폐지를 줍는 동네의 여자"(「카테고리」)나 "입양되던 날 보라색 운동화"(「내 이름은 보라」)를 신었던 '보라'와 같은 이웃일 때도 있으며 심지어 벽 너머에서 컹컹컹 짖으며 '나'를 부르는 이웃집 개일 때도 있다.(「사랑해라고 짖었다」) 네가 추상이 아니라 구체적인 대상으로 존재할 때도 '나'는 상상을 통해 '너'에게 다가간다.

숲을 잃은 뻐꾸기시계와 비탈진 골목을 끌고 가는 라벤더
향초의 손길로
폐지를 줍는 동네의 여자

(중략)

이만큼의 거리를 두고 바라보면
에메랄드빛에 쌓여 있는 감성 고운 여자이고
그 빛에 정리된 한 폭의 그림인 것을
　　　　　　　　　　　　　　　　　　　—「카테고리」 부분

방치된 자유를 온몸으로 껴안고
풀어놓은 동네 버드나무를 뒹굴다가
친구를 만난 반가운 인사였다가
먹이의 황홀을 어렴풋이 상상하며
나른해지는 나 홀로 집에서

서른다섯 번째 현관문을 바라보는 오후 다섯 시
벽에 귀를 대고 너를 궁금해한다

　　　　　　　　　　　　— 「사랑해라고 짖었다」 부분

　폐지를 줍는 여자의 일상이나 집 안에 혼자 남겨진 이웃집 개를 떠올리게 하는 이 시들은 그들을 시각적으로 재현하지 않고 상상 속에서 재구성하는 방식을 취한다. 날아가는 '새'를 잡을 수 없었듯이 바로 앞에 있는 "너를 궁금해"할 뿐인 화자의 태도가 말해주는 것은 시적 대상인 '너'를 자아의 인식 안으로 포섭할 수 없는 존재로 여긴다는 점이다. 여기서 발화하는 '나'는 대상을 자신의 인식 안으로 수렴하는 시선의 주체가 아니다. '나'는 '너'를 재현할 수 없는 자신의 무능을 인정하며 '너'를 상상하는 화자일 뿐이다.

　자신의 시선으로 대상을 포착할 수 없는 '나'는 인식의 경계 밖에 있는 '너'를 향해 기울어질 수밖에 없다. 보이지 않지만 너무도 분명한 '너'의 존재는 어디선가 '나'를 응시하는 '너'를 상상하게 만든다. '너'를 볼 수 없는 '나'의 시선이 '나'를 바라보는 '너'의 응시 앞에서 무력화될 때 스스로에 대한 확신을 잃은 '나'는 "내가 아닌 너의 그림자로 움직인다"(「편애」).

　'너'를 향한 기울어짐을 다른 존재 되기를 향한 가능성으로 해석할 때 정운희의 시는 미학적 실천이라는 맥락을 확보하게 된다. '나'를 규정하는 아이덴티티와 인식의 제약으로부터 벗어나 또 다른 자아와 또 다른 삶의 방식을 꿈꾸며 그것을 요구하는 시 쓰기, 그것은 시를 쓰는 행위가 현실의 제약에 저항하는 하나의 실천이라는 점을 말한다.

그런 가능성을 매개하는 자가 '너'라면 '너'는 누구인지 다시 묻기로 하자. 정운희의 시에서 빈번히 '너'로 호명되는 대상 중 하나는 시이다. 시를 쓰는 건 시인 자신이지만 정운희에게 시는 인식 바깥에서 일어나는 사건이라는 점에서 그렇다. "네게 입술을 대면//천 개의 나로 재생"(「종이」)되듯이 시는 '나'를 수많은 가능성으로 분화화게 만드는 사건이다. 시를 쓰는 행위에서 경험하는 환희의 순간을 시인은 이렇게 고백한다.

> 핑~퐁
> 　핑~퐁
> 구름을 불러 모아
> 바람의 무늬가 도착하는
>
> 연속되는 긴장의 순간들
> 휴전의 경계는 없어
> 올가미에 피어나는
> 난 당신의 충실한 포로
>
> 　　　　　　　　　— 「사랑하는 문자 씨」 부분

　　"난 당신의" "포로"라는 말에서 시인이 시를 쓸 수밖에 없는 이유는 분명해진다. 아이러니하게도 전쟁처럼 치열한 과정 끝에 시가 완성되면, 시는 시인의 의도와 맥락을 넘어서는 존재가 되어 시인에게서 벗어나고, 시인이 포착할 수 없는 의미를 생성하며 시인을 응시한다. 시는 결국 시인을 포로로 만드는 데 성공하는 것이다. 이처럼 시가 시인의 인식을 넘어서서 존재하는 인식의 외부에 있는 텍스트임을 받아들일 때 시를 쓰는 것은 "내가 나로부터 도망치고 싶"(「사건수면」)은 탈주의 욕망을 실천하는 행위가 된다.

'고장 난 꿈'

견고한 자아의 세계가 "만져도 피가 돌지 않"고 "통점이 없는 이별"처럼 "아무런 응답이 없"(「굳은살이 피었다」)는 밀폐된 영역이라면 시인이 꿈꾸는 자아의 바깥은 "내가 아니라서 행복할 것 같은 잠꼬대를 흥얼거"(「사건수면」)리면서 다른 것이 되어보는 나른하고 부드러운 가능성의 세계이다. 두 번째 시집에서 정운희 시인은 부드럽고 말랑말랑한 '알'의 내부처럼 가능성의 존재가 되기를 욕망한다. 그리고 그 가능성을 떠받치는 것은 자아의 바깥에 있는 '너'이다.

'너'와 접속하는 방식을 시인은 이렇게 전한다. "나른한 관계에 접속 중입니다/호명이 늦을수록 가까워집니다"(「아무거나」). 이 말이 함축하는 것은 자신의 시선에 포착된 '너'라는 대상을 호명하거나 규정하는 일을 지연하면서 시선과 응시의 간극을, 달리 말하면 '나'와 '너'의 차이를 인정해야 한다는 의미일 것이다. '나'와 '너'의 차이는 불안의 거처가 아니라 더 자유로운 존재 되기를 가능하게 만드는 계기이기 때문이다. 짐작건대, 시인이 말하는 "고장 난 꿈"(「사건수면」)이란, 다른 존재 되기의 가능성이 멈추지 않는 그런 순간일 것이다.

張恩暎 | 문학평론가, 조선대 자유전공학부 교수

푸른사상 시선 136

왜 네가 아니면 전부가 아닌지